U0067966

國家圖書館出版品預行編目 (CIP) 資料

短耳兔. 2, 小象莎莎在哪裡？ / 劉思源文；唐唐圖. ；
-- 第二版. -- 臺北市：親子天下股份有限公司, 2024.02
40面 ; 23x25公分. --（繪本；351）
國語注音
ISBN 978-626-305-672-5（精裝）
1.SHTB：社會互動--3-6 歲幼兒讀物

863.599　　112021542

謹以這個故事
獻給——喜樂家族的孩子們

願你們可以在愛中
繼續快樂的跳舞

繪本 0351
短耳兔 2
小象莎莎在哪裡？
文｜劉思源　圖｜唐唐

責任編輯｜張佑旭　封面設計｜唐唐　美術設計｜林子晴　行銷企劃｜高嘉吟、張家綺
天下雜誌群創辦人｜殷允芃　董事長兼執行長｜何琦瑜
媒體暨產品事業群
總經理｜游玉雪　副總經理｜林彥傑　總編輯｜林欣靜　行銷總監｜林育菁　資深主編｜蔡忠琦　版權主任｜何晨瑋、黃微真

出版者｜親子天下股份有限公司　地址｜台北市 104 建國北路一段 96 號 4 樓
電話｜（02）2509-2800　傳真｜（02）2509-2462　網址｜ www.parenting.com.tw
讀者服務專線｜（02）2662-0332　週一～週五：09:00~17:30
傳真｜（02）2662-6048　客服信箱｜ parenting@cw.com.tw
法律顧問｜台英國際商務法律事務所．羅明通律師
製版印刷｜中原造像股份有限公司
總經銷｜大和圖書有限公司　電話：（02）8990-2588

出版日期｜ 2013 年 7 月第一版第一次印行《短耳兔與小象莎莎》
2024 年 2 月第二版第一次印行
定價｜ 360 元　書號｜ BKKP0351P　ISBN ｜ 978-626-305-672-5（精裝）

訂購服務

親子天下 Shopping ｜ shopping.parenting.com.tw　海外．大量訂購｜ parenting@cw.com.tw
書香花園｜台北市建國北路二段 6 巷 11 號　電話（02）2506-1635　劃撥帳號｜ 50331356　親子天下股份有限公司

立即購買 >
親子天下 Education · Parenting · Family Lifestyle　親子天下 Shopping
親子天下 有聲故事書

小象莎莎在哪裡？

文 劉思源　　圖 唐唐

今天早上第一節課，

大象老師向大家介紹新來的同學——

小象莎莎。

莎莎很可愛，一直笑咪咪的。

大象老師交代大家：

「莎莎雖然個子大，其實年紀很小，

大家要像照顧妹妹一樣照顧她。」

大象老師叫莎莎坐在冬冬旁邊。

莎莎咚咚咚的跑過來，用力抱了抱冬冬。

「哇！好痛！」

冬冬發現他的手臂被捏紅了。

跟一頭大象坐在一起實在太危險了。

莎莎很喜歡冬冬，

冬冬走到哪兒， 莎莎就跟到哪兒。

「莎莎好像冬冬的大尾巴喔！」大家開玩笑的說。

冬冬很得意， 這一條大尾巴真不賴，

不管冬冬說什麼， 莎莎都照著做。

不過老是被一頭象跟著，麻煩也不少。

不能玩躲貓貓，

因為總是第一個被發現。

抓到你了！

不能玩翹翹板，

因為會不小心飛上天。

不能上舞蹈課

因為會是一場大災難。

還有，

莎莎打呼的聲音也特別大……。

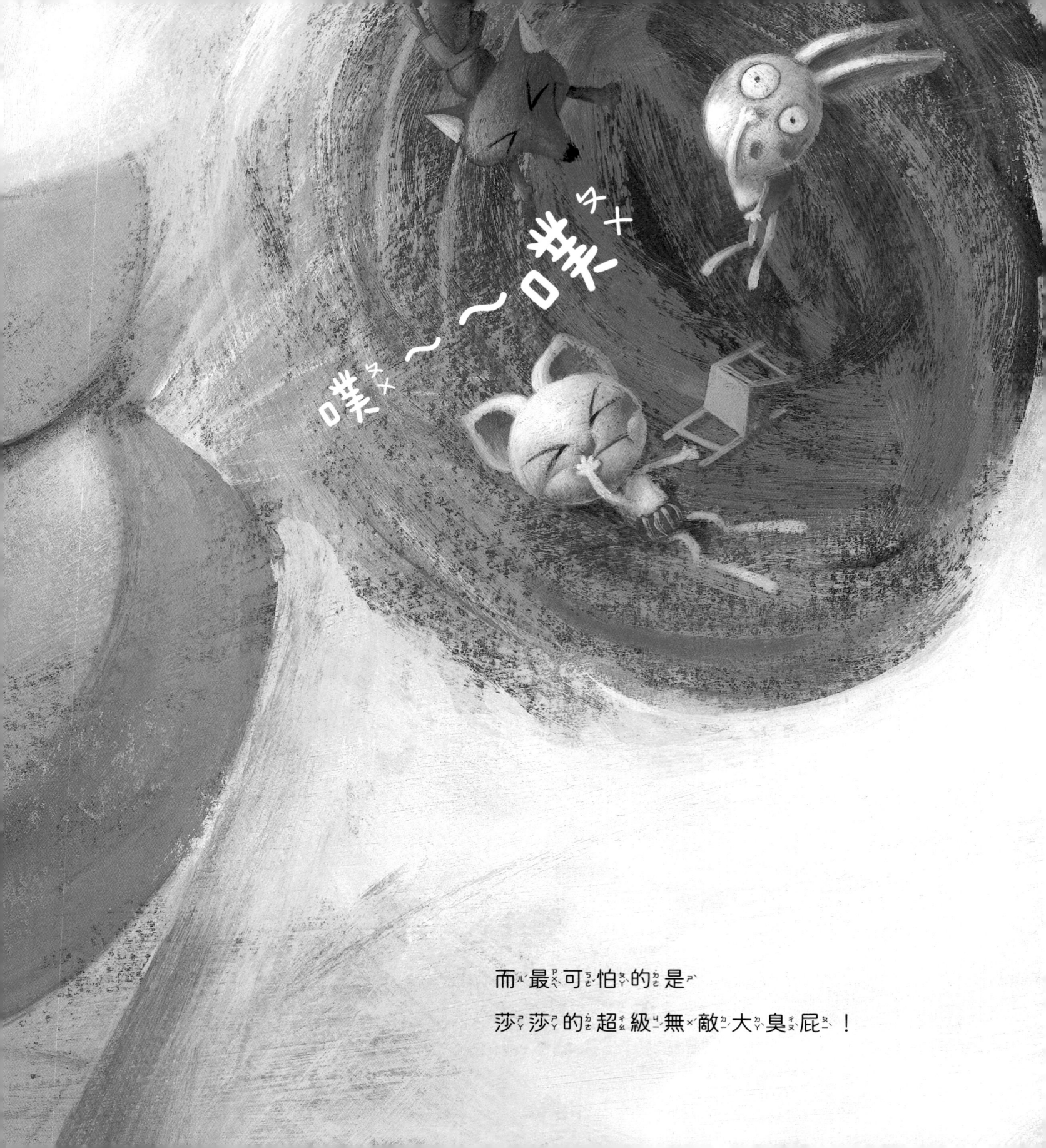

而最可怕的是

莎莎的超級無敵大臭屁！

時間久了，冬冬覺得有點累，也有點煩。

有一天，大家一起去騎車。

冬冬跳上腳踏車，莎莎也跟著跳上去。

嘎吱嘎吱——腳踏車劇烈的震動，

輪子發出刺耳的聲音，差點兒踩不動。

冬冬轉頭看了莎莎一眼，

如果能甩開這條「大尾巴」一下該有多好？

忽然，一個念頭飛過他的腦中。

「莎莎，我們來玩躲貓貓。」

冬冬叫莎莎下車躲得越隱密越好。

莎莎看到前方有根大樹幹倒在路旁，

忽然眼睛一亮，想都沒想就鑽進去。

喔喔！她忘了自己又大又壯，

肚子卡在洞口，露出一個大屁股。

冬冬覺得好好笑，

「莎莎好厲害，怎麼不見了呢？」

冬冬故意大聲說，一邊悄悄的溜走。

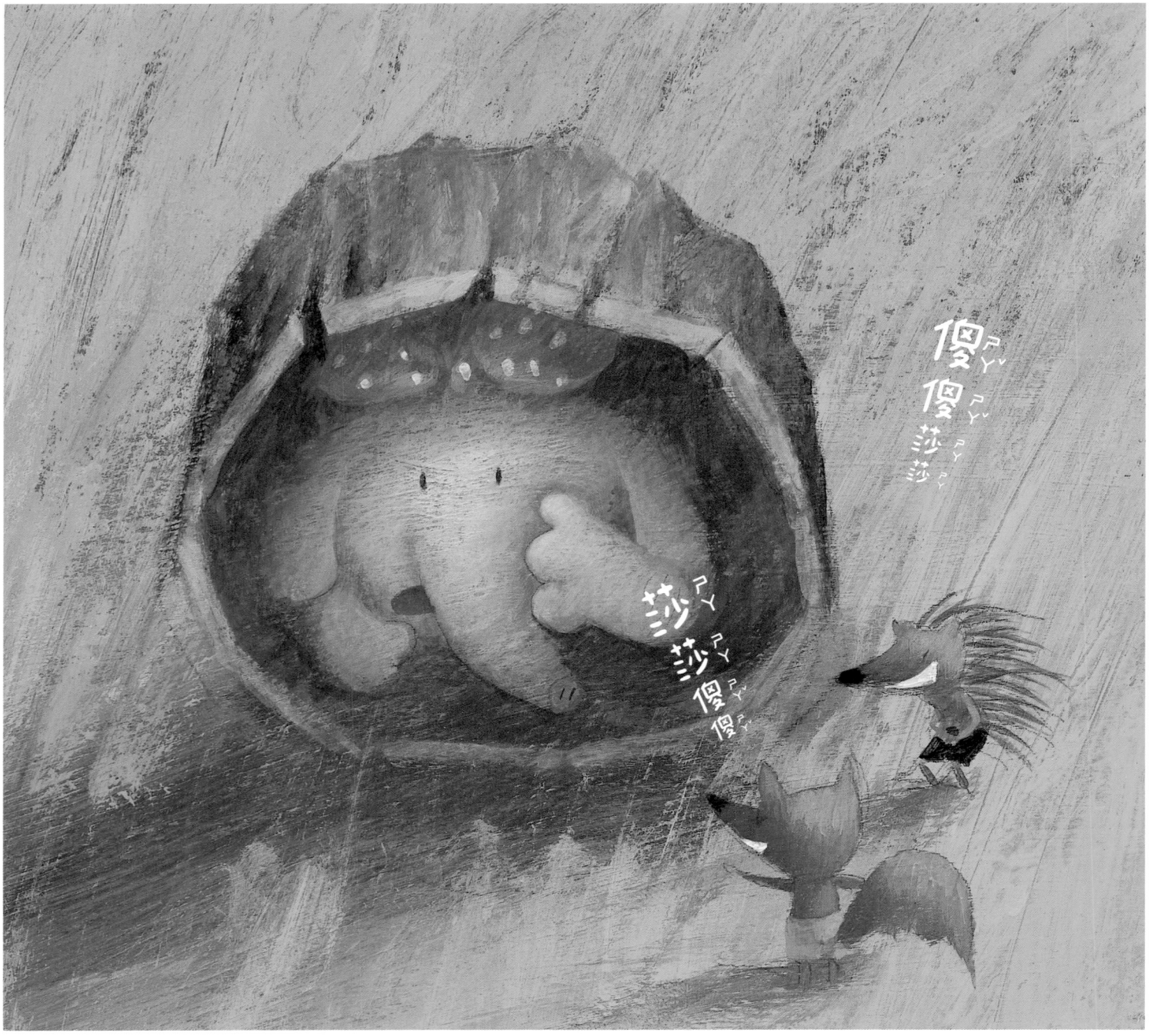

小ㄒㄧㄠˇ狐ㄏㄨˊ狸ㄌㄧˊ和ㄏㄜˊ小ㄒㄧㄠˇ豪ㄏㄠˊ豬ㄓㄨ經ㄐㄧㄥ過ㄍㄨㄛˋ， 看ㄎㄢˋ到ㄉㄠˋ莎ㄚˋ莎ㄚˋ的ㄉㄜ模ㄇㄛˊ樣ㄧㄤˋ， 捧ㄆㄥˇ著ㄓㄜ肚ㄉㄨˋ子ㄗ笑ㄒㄧㄠˋ個ㄍㄜ不ㄅㄨˋ停ㄊㄧㄥˊ。

「莎ㄚˋ莎ㄚˋ， 你ㄋㄧˇ真ㄓㄣ傻ㄚˇ！」

「就ㄐㄧㄡˋ是ㄕˋ嘛ㄇㄚ， 你ㄋㄧˇ不ㄅㄨˋ應ㄧㄥˋ該ㄍㄞ叫ㄐㄧㄠˋ莎ㄚˋ莎ㄚˋ， 應ㄧㄥˋ該ㄍㄞ改ㄍㄞˇ名ㄇㄧㄥˊ叫ㄐㄧㄠˋ傻ㄚˇ傻ㄚˇ！」

莎莎聽了有點難過，

用力從洞裡鑽出來卻發現冬冬不見了。

「冬冬，你在哪裡？」莎莎好著急，

悶著頭橫衝直撞，

一旁的小狐狸和小豪豬嚇得趕快逃走。

另一頭，冬冬趕上其他朋友們，一起去大草原騎車。

微風吹呀吹，好舒服。

冬冬一直往前騎，忘了莎莎還在等他。

等冬冬想起來時，天已經快黑了。

糟了！莎莎最怕黑了，冬冬轉頭騎著車往回衝。

咦？樹洞空空的，莎莎也不見了？

滿地散落著斷裂的樹幹、樹枝和樹葉。

「發生什麼事了？」冬冬越想越害怕，

野外很危險，莎莎跑到哪裡去了？

會不會掉到山崖下？會不會掉進小河裡？

他忽然看見通往樹林的小徑上，有一排大大的腳印……

「莎莎！莎莎！」冬冬騎著車衝進樹林，一邊找一邊喊。

天越來越黑，樹林裡也變得漆黑一片。

冬冬騎得太快，「砰」一聲，

撞上一塊大石頭。

冬冬從腳踏車上跌下來，左腳扭到了，無法動彈。

他忍不住放聲大哭，

「莎莎，

你到底在哪裡？」

咚！咚！

這時有個東西敲了敲冬冬的頭。

冬冬抬頭一看——

是莎莎！

莎莎因為怕黑，摀著眼睛，

整個身子縮起來，一動也不敢動，

好像一塊灰灰的大石頭。

「終於找到你了！」

冬冬抱著莎莎，眼睛紅紅的，

「你真聰明，躲得太好了。」

莎莎聽了，咧著嘴開心的笑起來。

這是她第一次玩躲貓貓，沒被人發現喔！

莎莎用鼻子抱起受傷的冬冬，

一手拎著摔壞的腳踏車，

在月光下，慢慢走回家。

沒想到麻煩的大尾巴竟然會是變成最可靠的大幫手！